KB066482

봄의 눈을 가진 화가 박환

?

<911>

<나의 아버지>

<나무전봇대>

<고목나무의 삶>

<물레방아>

<경이로운 삶>

<희망>

\<복숭아꽃\>

\<깊은 산속\>

<폭포 2>

<기다림 2>

누구 시리즈 16

봄의 눈을 가진 화가 박환 - **누구 시리즈 16**
박 환 지음

초판1쇄 발행 2022년 11월 1일

지은이 박 환
펴낸이 방귀희
펴낸곳 도서출판 솟대
등 록 1991년 4월 29일
주 소 서울시 금천구 서부샛길 606, 대성지식산업센터 b동 2506-2호
전 화 02)861-8848
팩 스 02)861-8849
홈주소 www.emiji.net
이메일 klah1990@daum.net

값 12,000원

ISBN 978-89-85863-83-4 03810

주최 사 ▎한국장애예술인협회
후원 🏛 문화체육관광부   ▶◀ 한국장애인문화예술원
Korea Disability Arts & Culture Center

16
누구 시리즈

봄의 눈을 가진
화가 박환

박 환 지음

마음으로 그린 작품이 마음을 사로잡다

도서출판
솟대

다함께 아름다움을 누립시다

　장미가 활짝 웃는 계절이라지요. 이마에 살짝 땀방울 맺히는 것이 느껴지는데 여름의 시작이겠지요. 검붉은 장밋빛은 펄떡이는 심장을 보는 것처럼 활력이 느껴집니다. 파란 하늘에 붉은 장미의 조화로움은 참으로 멋지지요. 6월의 아름다움은 성숙해지려는 청춘의 발돋움 같습니다.

　오늘도 작업 전 이젤 앞 의자에 앉아 기도합니다.
　"하나님, 제 기억에 남은 모습을 제대로 표현할 수 있게 도와주십시오."
　라고 간절하게 기도합니다. 장애인이든 비장애인이든 제 그림을 보고 아름답다고 느끼고 행복하면 좋겠습니다. 실로 밑그림을 그리고, 핀으로 고정하고, 청바지를 덮어 채색을 하는 제 작품 과정이 다른 작가들과 다르기에 그만큼 두려움도 있습니다. 잘 표현되었는지, 채색이 잘못되지는 않았는지 걱정이 큽니다. 그러나 그만큼 기대감과 자신감도 무럭무럭 자랍니다. 내가 상상한 계절의 얼굴을 모두 함께 확인하고, 작품 속에서 계절이 관람객을 만나서 수많은 다른 이야기

를 만들어 낼 수 있다면 얼마나 흥미롭고 풍요로운 생활을 누릴 수
있을까요.

　이 책 한 권에 부족하나마 제 창작 생애와 사고 이후 작품 세계를
담았습니다. 읽어 주시는 많은 분들이 저의 굴곡진 삶의 여정을 안타
까워하기보다 도전과 새로운 작품 세계를 좋아해 주시고 많이 질문
해 주시면 참 좋겠습니다. 저는 그릴 수 있을 때까지 열심히 그릴 겁
니다. 기억에 남은 봄의 생명력과 가을의 풍요를 잊지 않으려고 붙잡
을 겁니다. 그리고 은행나무를 부둥켜안았을 때 볼 수 있었던 나무
의 진짜 모습을 다른 것에서도 만나고 찾으려고 노력할 겁니다.

　장애인예술은 장애예술인이 세상을 보는 개성적 인식과 독특한
감각을 보여 줍니다. 그러니까 감상과 향유를 즐긴다면, 새로운 예
술 세계를 만날 수 있는 겁니다. 장애인과 비장애인 모두 새로운 예
술 세계를 만나는 즐거운 여정에 서로 벗이 되어 만날 수 있기를 기
대합니다.

2022년 여름
박환

차례

봄날 아침 단상

...

그러니까 오늘 아침 7시경 눈을 떴다. 휴대전화기 알람을 7시에 맞춰 놓았고, 그 소리를 듣고 일어났으니 분명 창문 밖은 이미 밝았을 게다. 익숙하게 거실로 나와 창을 연다. 아직은 아침 기온이 제법 앙칼지다. 3월 중순을 넘긴 즈음에 어울리지 않는 표현이지만, 또 살짝 비겁한 것도 같지만 춘천의 아침은 아직 춥다.

밤샘 작업이 잦은 화가에게 아침 7시 기상은 쉽지 않은데도 이리 빠르게 채비를 하는 것은 3월의 아침을 한껏 느끼고 싶어서다. 내가 살고 있는 아파트는 11층. 덕분에 새소리도 청명하고, 거실과 현관을 둘러 난 찻길 위 자동차 엔진 소리도 경쾌하다. 소리의 울림에 현혹된 것인지, 귀가 더 밝아졌는지, 아니면 유독 이른 봄을 좋아한 나의 환청인지 곧 한창 때를 맞을 봄을 생각하면 설레고 들뜬다. 활짝 열린 창문을 비집고 덤벼드는 매캐한 공기마저 반갑다.

어차피 눈을 떴대도 창밖의 아침 풍경을 볼 수는 없다. 그래도 아침 냄새는 곧장 눈앞에 창연한 풍경을 펼쳐 놓는다. 이제쯤 개나리는 활짝 피었을 것이다. 집 가까운 금병산에는 진달래도 고개를 들었을 것이다. 김유정역에서 김유정문학관을 거쳐 오르는 실레마을 이야깃길의 시작 즈음에는 뽀얀 초록빛 쑥도 제법 자라 걸음의 즐거움을 보태고 있겠지. 구름 한 점 없는 하늘빛을 따라 개나리 노란빛은 천진할 것이다. 그리고 나는 머릿속에 그린 봄 풍경을 기억해야 한다, 어떤 방식으로든. 이제 어머니와 누이와 함께 조촐한 아침을 먹고 작업을 시작할 시간이다.

거실 창을 가로질러 창문을 바라보도록 놓인 작업대에 앉아서 어제까지의 작업을 복기하고 있노라면 늙은 어머니 방에서는 '사락'하는 가위질 소리가 정갈하다. 어머니는 매듭진 실 아래를 자르고 계실 거다. 어머니, 나의 어머니는 거실 소파에서 대각선으로 바라뵈는 작은 방을 쓰신다. 고요 가득한 집안에 고요를 더하시는 분, 지금껏 큰 목소리 한 번 내지 않고 자식들을 키우셨다. 하지 않아도 될 말을 하지 않는 것은 물론이거니와 하셔도 좋겠다는 말까지 삼키셨던 어머니는 아낀 말을 모두 손에 쏟아부으셨다.

어려서부터 본 어머니의 손은 늘 분주했다. 가꿀 것 없는 살림이었지만 자리 자리에 놓인 크고 작은 세간은 어머니의 부지런한 손 덕분에 매일같이 당당한 빛을 뿜어냈다. 가진 것 없어도 자신감 넘치고 품격 있는 이들의 모습이 이러할까, 어머니는 사람에게도, 물건에도 스스로 고귀함을 잊지 않을 보살핌을 쉬지 않으셨다.

아들의 작업을 돕는 어머니

팔순을 훌쩍 넘긴 어머니의 손은 이전보다 더 많이 분주해졌다. 종일 아들을 위해 실을 꼬기 때문이다. 어머니는 제각각 다른 굵기로 매듭을 지어 가며 한 뼘에서 한 팔 되는 길이까지 굵고 얇은 줄을 만들어 내신다. 보지 못하는 아들이 실로 밑그림을 완성하는 데 필요해서다.

어머니의 매듭은 캔버스 위에서 산과 골짜기, 산맥을 연결하며 동산을 구분하고, 들판과 바다의 경계를 알려 준다. 우뚝 솟은 산봉우리의 장쾌한 기상과 여린 철쭉 가지 순을 돋군다.

하루종일 어머니 방에서 나는 짧고 조용한 사각 소리를 듣노라면 이전보다 더 굽었을 어머니 등을 생각하게 된다. 어머니는 실을 꼬고 매듭지으며 어떤 생각을 하실까 생각한 적이 있다. 오히려 너무 덤덤하여 가끔은 먹먹한 어머니 마음을 생각한다.

지금도 어머니는 한쪽 무릎을 세우고 고개를 묻은 채 한 올 한 올 실을 맺고 계신다. 그렇잖아도 작고 동그란 몸은 점점 더 작아졌을 것이다. 눈물나는 것을 이겨 낼 수 있다면 어머니의 따뜻한 등을 천천히 오래오래 쓸어 드리고 싶다. 볼 수 없는 어머니의 굽은 등을 상상하며 어머니 마음을 생각한다. 참 고마운 분, 어머니.

그림, 치기어린 자유와 욕망의 이름

...

학창 시절부터 타고난 재능이 있어서 교내 미술대회에서 수차례 수상도 했다. 어려운 집안 형편으로 미술대학에 진학하여 공부하지는 못했지만 '잘 그린다.'는 것은 내게 마음껏 내놓고 자랑할 만한 것이었다. 중고등학교에 다니던 내내 '특별'하다는 주변의 시선을 즐기며 한껏 부푼 시절을 보낼 수 있었다. 친구들은 함께 본 풍경이 내 그림 속에서 더 화사하고 선명해지는 것을 보고 감탄했고, 그때마다 나를 한껏 추켜세웠다.

그림으로 돈을 번 것은 고등학교를 졸업하고서다. 동네의 구석구석을 그렸다. 계절을 그렸고, 그 안에서 제빛을 찾는 풀과 꽃, 나무와 바위, 빛과 볕을 둘러쓴 숲을 그렸다. 내 그림을 사는 사람들의 요구와 주문에 맞춘 그림들이었기에 그들은 만족했지만 정작 내게 큰 감동은 없었다. 왜 그랬을까 생각해 보면 내가 보고 싶은 것을 그리지 못했기 때문인 것 같다. 아니 나는 그림을 그리면서도 무엇을 보고 싶었던 것인지 잘 모르고 있었던 것 같다.

나는 계절이 아름답게 주변을 채워 가는 모습을 그렸지만 정작 계절을 보지는 못했던 것 같다. 눈으로 본 것을 캔버스에 옮기기는 했으나 그것은 사진의 다른 얼굴일 뿐이었다. 한껏 치장했으나 오히려 지나쳐서 촌스러운 그런 과잉된 표정과 몸짓이었다. 채색으로 좀 더 화려해진 벚꽃이었고, 장미였고, 과장되게 몸을 불린 느티나무였다.

그래도 내 그림은 몇 년간 입소문을 타고 제법 잘 팔렸다. 쌓아 두는 것 없이 팔려 나갔고, 간혹 주문까지 받아서 그렸다. 두둑하게 용돈 벌이를 할 수 있어서 그리는 일이 즐거웠다. 몇 시간 푹 빠져 채색하는 즐거움에 더해 돈까지 벌 수 있었기 때문에 작품이라 할 수 없는 창작물이었지만 그리는 일은 빠져나올 수 없는 매력이었다.

그림 그리는 일은 군 복무를 마친 후부터 나의 본업이 되었다. 그야말로 생활하기 위해 붓을 들게 된 것이다. 제법 내 그림을 좋아하는 사람들이 있었고, 갤러리에서도 내 그림을 팔아 주었다. 돈을 벌기 위해서 '잘 팔리는' 그림을 그렸지만 작가로서 고민은 있었다. 이전과는 달리 한 점 두 점 작업하면서 그리고 싶은 것이 있었고, 간혹 그것은 유행을 따르지 않는 것이기도 했다.

그런데 언젠가부터 자연이 풍경이 아니라 다른 존재가 되었다. 자연이 얼굴을 들어 내 눈을 정면으로 응시하기 시작한 것이다. 그러니까 내가 자연을 본 것이 아니라 자연이 나를 보고 있었던 것이다. 자연이 내게 말하고 싶은 것이 있다는 생각에 귀 기울였다. 하지만 그때까지도 나는 '그림장수'에 불과했다. 그냥 잠깐 평소와 달리 '번

뜩'인 그런 일이라고만 생각했다.

　이후로도 10여 년 한국화를 그렸다. 그러나 춘천의 깊고 서늘한 산자락과 골짜기, 그 안을 채우는 정직하고 정갈한 폭포와 냇물을 표현하기 위해서 수묵화를 그리면서도 내면을 들여다보라는 먹빛의 호소는 듣지 못했다. 오직 먹고살기 위해 상업적인 한국화를 그렸기 때문이다. 당시 하루 이틀 정도면 60호 크기(130.3×89.4㎝) 한 점을 완성할 수 있었고, 25만 원쯤 받고 팔았던 것 같다. 작품이라 할 수 있는 가격이었지만 아주 괜찮은 '상품'일 뿐이었다.

　그렇게 밥벌이 그림을 10년쯤 하다 보니 불행인지 다행인지 그림 그리는 일이 싫어졌다. 제법 넉넉한 수입으로 살림을 꾸려 갈 수 있었지만 그리는 일이 싫어졌다. 눈만 돌리면 숱한 곳에서 그릴 만한 풍경이 불쑥불쑥 솟아났지만 이전처럼 보이는 그대로를 담으면 되는, 어쩌면 그렇게 쉬운 일을 시작도 하고 싶지 않았다. 그동안 얼마나 편안하게 그림을 그렸던가. 그리고 내 그림은 제법 괜찮은 가격에 팔리지 않았던가.

　나는 봄이면 활짝 핀 벚꽃길을 캔버스에 그대로 재현하는데, 이때 꽃대궐의 인상을 강렬하게 펼쳐 가며 사람들을 유혹할 수 있었다. 점점이 흩뿌리는 벚꽃잎의 채색은 봄빛을 흠뻑 받은 길과 잘 어우러지도록 얇고 얕게 흰색을 칠한 후 분홍빛을 입혔다. 그리하여 봄날의 찬란함은 화려하고 눈부신, 짧기에 아쉽고, 그래서 더욱 아름다

젊은 화공의 한때

운 청춘을 보여 주었고 중년과 황혼 세대에겐 당장 눈앞으로 청년기를 불러내어 찬란했던 과거를 회상하게 도왔다. 그랬다, 나는 가벼운 붓칠로 봄을 정의하고 규정했다.

나는 여름이면 녹음 짙은 울창한 숲과 나무 사이를 뛰고, 바위를 헤집는 우람한 계곡의 물소리를 표현할 수 있었다. 가끔은 계곡과 호수에 물안개를 피워 올려 찌는 더위를 물리는 청량감도 만들어 낼 수 있었고, 가을을 그릴 때는 붉게도, 푸르게도 물든 온 산과 들의 기품 있는 빛깔을 불러낼 수 있었다. 가을은 중년 이후 느긋하고 온화한, 정돈된 빛을 펼치며 고색창연(古色蒼然)한 시간의 멋을 알고 있었다. 겨울은 또 어떤가, 수묵화로 빚어낸 고요와 정돈된 사고는 삶의 이치를 고민하는 철학자의 모습을 연상시켰다. 캔버스에는 굽이굽이 세상살이에 점철된 탐욕과 번뇌의 군더더기를 털어내고 비로소 오롯이 자신을 살피는, 그리하여 자유로운 삶이 펼쳐졌다.

그러나 그림 속에서 얻을 수 있는 다른 메시지는 없었다. 단편적이고 인상적인 감상만 있을 뿐이었다. 버리고 놓아야 얻는 삶의 깨달음을 겸손히 받아 안은 이의 찬찬한 걸음은 보였지만 이를 통해 생각할 수 있는 걸음의 또다른 의미는 없었다. 멀리 두고 보는 산과 능선은 그저 바라보기에 제각각 멋을 뽐내고 있었지만(물론 내가 그렇게 그렸지만) 그래서인지 겉모습일 뿐 마음은 엿볼 수 없었다. 깊이도, 의미도 없이 화려하기만 했다.

사실 나는 작품을 살 사람들의 취향에 맞춰 그림을 그렸다. 이전에는 그들의 요청에 따라 그렸다면 이제는 잠재적 소비자들이 관

신촌예찬

심 있어 할 만한, 좋아할 그림을 알고 있었고 그에 맞춘 그림을 그렸다. 그러니까 기존 작업의 연장선에서 한 걸음 곁으로 비켜 선 것이다. 지금까지 요청을 받아서 그랬다면 이제는 요청을 받기도 전에 판매를 예상하고 팔아 줄 고객을 기다리는 셈이었다. 하지만 작품을 선택할 누군가를 기대하는 일은 설레지 않았다.

'상품'을 만드는 작업은 어렵지 않았다. 내 그림을 샀거나 사려는 이들의 연령대를 생각하고 그릴 대상을 결정했다. 사실 대부분의 사람들은 집안에서도 자연을 보고 싶어 한다. 또, 자연에 깃든 계절을 감상하는 등을 통해서 살아가는데 배움을 얻고 싶어 한다. 그들은 이제까지 돈과 명예를 쫓으며 사는데 열중하느라 헛헛해진 마음을 위로하고, 이러저러한 고민을 해결하는 방식으로 그림을 선택했고, 또 선택할 것이다.

나는 이들의 생각과 바람을 철저히 계획에 넣고 작업을 진행했다. 자못 의식 있는 작가인 양 보일 수 있게 대상이 뿜어내는 이미지를 간파하여 붓과 먹을 중심으로 시간과 계절이 깃든 대상을 그렸다. 이때 그것을 조금은 과장되게 표현하고 교묘한 기술로 포장하면 그것은 '작품'이란 이름표를 떡하니 달았다.

풍경이 말을 걸어왔다

...

    그런데 더 이상은 그렇게 그림을 그릴 수 없었다. 그릴 것은 이전처럼 다 눈에 보이는데 자꾸 그것들이 '다른' 말을 걸어오기 시작했고 나는 물음에 답해야 한다는 생각에 사로잡혔다. 그런데 답할 말이 없으니 작업을 시작할 수도 없었고, 어떻게 어렵게 시작한대도 진행이 지지부진했다.

    짙고 푸른 먹색을 입은 산등성이는 완만히 웅크린 채 스스로 품은 숲과 나무, 그 안을 즐겁게 소풍하는 벌레들과 산보(散步)하는 이들의 이야기를 물었다. 나무의 팔 벌림은 무슨 목적인지를 묻고, 찢어질 듯 달린 산열매가 붉은 것은 또 어떤 까닭이냐고 물었다. 나는 그렇게까지 자세하게, 그렇게까지 많은 것들에게 질문당하면서도 생각과 표현은 궁색했다. 자꾸만 내 생각을 묻는 것들에게 내놓을 말, 들려줄 이야기가 없었다. 그때 나는 그림을 그리려고 시작하면 동시에 질문에 물꼬를 트는 바위와 시내와 쑥부쟁이와 산목련과 원추리의 목소리를 피해 다니면서 적잖이 방황했다.

내게 생각을 묻는 그것들과 이야기를 나눌 수는 없었다. 물음이 있는 것은 알고 있었지만 나는 답을 할 수가 없었다. 바라보는 것들과 어떻게 이야기를 나눌 수 있을지 몰랐다. 내 마음에 피어난 이야기를 어떻게 말할 수 있을지 몰랐다. 어떻게 표현해야 할지 몰랐다. 그때마다 한 번도 경험해 본 적 없는 갈급함과 갈증이 몰려왔다. 끊임없이 내 생각을 묻는 매일이 계속되면서 나는 차라리 눈을 감아 버리고 싶었다.

내게 질문을 쏟아 내는 산과 숲은 자신을 보면 어떤 감동이 있는지, 그 내용은 무엇인지 자세하게 듣고 싶어 했다. 그때마다 나는 언어의 궁색함에 괴로웠다. 아름답다고 하기에는 부족하고, 또 일반적으로 생각하는 아름다움과 다른 아름다움에 대해서 어떤 단어로 표현해야 하는지, 그 느낌을 어떻게 말할 수 있는지 혼란스러웠다. 나는 가지고 있는 단어가 없었다. 괴로웠고, 절망했다. 말로도 표현할 수 없는 것을 어떻게 그림으로 이야기할 수 있단 말인가!

머릿속도 마음속도 온갖 괴성과 신음으로 가득한 속에서 오랜 시간 고통스러웠다. 그러나 짧지 않은 시간을 그렇게 보내면서도 한 가지 깨달은 것은 있었다. 더 이상 '그림장수'가 되지는 않겠다는 마음속의 분명한 목소리였다. 나는 그 선명한 목소리를 들었다. 그리고 도전해 보기로 마음을 굳혔다. 바라보는 모든 생명과 사물이 내게 어떻게 생각하냐고, 어떤 마음이냐고 묻는 질문에 기꺼이 응답하기로 한 것이다. 나는 참 어렵고, 가능하다면 에둘러 좋다고 말하거나, 알고 있는 몇 개의 형용사로 표현할 수 있는 마음과 생각을 파

춘천 소양강에서

헤쳐 보기로 했다.

　나는 스스로에게 부지런하고도 집요하게 묻고 또 물었다. 산과 들을 보고 '아름답다!', '멋지다!'고 감동했다면 '왜?'라고 곧장 질문했다. 그렇게 질문에 이어지는 질문을 물고늘어지며 생각과 감정을 말로 표현할 수 있게 스스로를 채찍질했다. 그 결과 만족스럽지는 못하지만 자연에 대한 감동을 글로 표현할 수 있었다. 처음에는 단어였고, 이후 문장으로, 단락으로, 글을 살찌워 갈 수 있었다. 그렇게 반복적으로 연습하다 보니 머리와 가슴의 이야기를 말로도, 그림으로도 표현할 수 있게 되었다.

　조심스럽게, 그리고 정성스럽게 개나리와 진달래 품은 뒷동산의 이야기와 바구니에 담긴 나물 이야기, 화전을 부치며 수줍게 웃는 봄처녀의 설렘을 금병산 봄날에서 건져 낼 수 있었고, 눈 덮인 소양호에서는 차고 서늘한 기운 아래 우직하게 때를 기다리며 추위를 견디는 강물의 잔물결을 발견할 수 있었다. 그것들이 내게 '왜 겨울 호수의 냉기보다 이를 견디는 강물결을 발견하였는가?' 물을 때는 '자신을 드러내지 않는 소양호의 우직함과 솔직한 떨림이 정직하여 아름다웠노라.'고 답할 수도 있게 되었다.

　나의 말을 그림으로 시작하고서 행복했다. 더 이상 내 그림은 그럴싸한 상품이 아니었고, 작품일 수도 있다는 수줍은 자신감이 자라났다. 그리고 스스로 작가라는 이름에 부끄럽지 않고자 미술전에 참가했다. 1982년 제1회 대한민국미술대전에 출품한 일이 스스로에

대한민국미술대전 3회 입선작 <만추(晚秋)의 대흥사(大興寺)>

게 낸 시험이었다. 그리고 미술전에서 입선하며 나는 스스로 화가라 인정하는 것이 부끄럽지 않겠구나 생각할 수 있었다.

미술전 수상은 '이제 나는 작가'란 자부심과 함께 창작을 하겠다는, 정말 제대로 해보겠다는 확실한 동기부여가 되었다. 첫 도전치고는 큰 수확이었다. 진심에서 발원한 감사가 마음에서, 입에서 샘물처럼 솟았다.

시선, 도시 풍경 안에서 답을 찾다

...

　내가 호명한 자연과 계절의 질문에 답할 수 있으면서 작업도 수월해졌고 표현에도 자신감이 생겼다. 내 생각을, 내 감정을 모두 끌어안은 나를 표현하고 싶었다. 사람들이 공감하는 창작을 하겠노라 욕심도 생겼다. 그리고 새로운 도전을 시작했다.

　2006년, 나는 25년 동안 작업했던 동양화 세계에서 과감히 떠나왔다. 내 안의 목소리를 발견하고서 수묵화를 넘어서는 다양하고도 다른 방식의 작업을 하고 싶었다. 대상을 '발견'한 이후 나는 내 생각과 감동을 먹빛만으로 표현하는데 한계가 있다고 판단했던 것 같다. 그래서 더욱 다양하게 재료를 쓰고, 예측할 수 없는 색감을 낳는 서양화의 세계로 낯선 여행을 떠났다.
　그즈음 유독 내 마음을 붙잡은 풍경이 있었다. 좁은 골목길을 오르며 만나는 허름한 집들과 그것들의 고단한 침묵을 눈치보며 선 가로등 불빛이었다. 그리고 쥐어짤 희망 하나 없어 보이는 그곳을 묵묵히 걸으며 무작정 내일의 약속을 믿는 아비 된 자의 걸음과 축 처진 어깨였다. 그러한 풍경을 볼 때마다 나는 묘한 분노가 끓어올랐다. 그리고 조용히 달려가서 그의 등을 왈칵 끌어안고 목놓아 울고 싶기도 했다. 땀으로 범벅된 먼지 덩이가 얼굴과 어깨 위를 흘러내리며 남긴 땟자국과 때를 잃은 웃음을 위로하고 싶었다.

동양화를 그릴 때 설산에 홀로 선 소나무를 화폭에 즐겨 담았다. 흰 눈에 덮여 초록 가지를 삐죽 내민 소나무는 앙상하여 외롭거나 추워 보이지 않았고, 오히려 고독이 똬리를 튼 튼튼한 뿌리에 기대 다가올 봄을 기다리는 듯했다. 나는 후미진 골목길에서 만난 어느 집 가장의 처진 어깨에서 홀로 선 소나무의 기상을 찾을 수 있었다. 그가 오르는 어둑한 골목 계단은 굽이굽이 산골짜기를 덮은 그늘이었지만 볕을 바라기는 다르지 않았다. 골목 계단도 내일은 해를 맞을 것이다. 골목에서 만난 장면은 그렇게 겹쳐졌다. 내가 본 사내의 등은 오늘에 감사하면서 재기를 노리는 의지보다 오늘을 버틸 수 있게 도운 모든 기운에 대한 감사를 등짐 지고 있었다.

나는 달동네 계단과 후미진 골목의 정돈된 의지를 보여 주고 싶었다. 벼랑 끝, 무릎을 꿇어야 하는 그 순간에도 간절하게 고개 드는 의지를 다른 사람들과 함께 응원하고 싶었다. 희망을 누른 가운데서도 삐죽이 고개 들려는 풀뿌리 희망을 신뢰하고 싶었다.

나는 사람들의 무겁고 지친 발걸음과 그 무게에 견디기 어려워 내려앉은 어깨를 유심히 보았던 것 같다. 가끔은 늦은 저녁까지 동료

나의 아버지 mixed media oldwood on canvas, 116*98cm, 2009

빨랫줄, mixed media oldwood on canvas, 130*99cm, 2009

들과 술잔을 기울이다가 소음이 자취를 감춘 골목길을 무작정 따라 걷기도 했다. 골목은 수묵화의 짙은 먹색을 흠뻑 뒤집어쓴 채 웅크리고 있었다.

서양화를 시작하면서 고민이 늘었다. 창작자라는 사명감이 부른 고민이었을지도 모르겠다. 하고 싶은 이야기는 이미 찾았고, 그것이 가슴속에서 모락모락 불을 지피고 있는데 이를 표현할 재료가 마땅찮았다. 아크릴이나 유화 물감만으로는 골목길 낡은 판잣집의 이야기를 담아내는데 한계가 있었다. 울퉁불퉁 굴곡지고, 거칠고, 성근 사내의 시간을 보여 주고 싶었다. 아크릴 물감의 밀도만으로는 표현하기 어려운 것을 거듭 확인하고 새로운 채색 방법을 찾는 방황의 시간이 이어졌다.

나는 강가의 돌멩이를 주워 잘게 부숴 보거나 목공소에서 톱밥을 구해 캔버스에 뿌려 보았다. 벽돌을 잘게 갈아 물감에 섞어 보기도 했다. 그러나 내가 생각하는 질감은 아니었다. 재료를 찾을 때까지 그림도 중단됐다. 캔버스에는 제 표정을 담지 못한 밑그림들이 소리 없이 속닥거렸다. 제 목소리를 얻지 못했으니 중얼거림도 형체 없이 흔들리다가 이내 사라졌다.

그렇게 7년을 보내고 마침내 나 혼자 들을 수 있었던 골목길의 이야기와, 낡은 돌계단과 무거운 사내의 발걸음, 서로를 기대며 어렵사리 잠든 달동네의 지치고 고단한 목소리들이 드디어 세상을 향

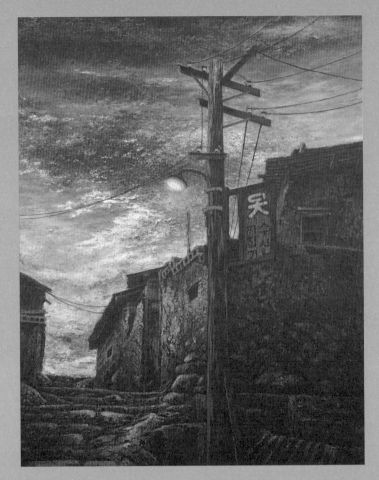

나무전봇대, mixed media oldwood on canvas, 80,2*100cm, 2011

해서 말할 수 있는 방법을 찾았다. 만들어진 물감 색이 아닌 자연의 색, 본래의 색, 세상을 만나 입은 가공하지 않은 색, 그런 색감이 나를 불렀다. 나는 캔버스에 담을 대상의 빛깔을 찾아 줘야 그것이 내게 전하는 온전한 생각을 읽어 낼 수 있을 거라 생각했다. 그래서 골목길, 달동네, 가파른 계단의 얼굴을 내가 만들어 입히는 것은 생각해 보지 않았다. 그것들이 자연스레 뿜어내는 색을 찾는 것은 너무나 당연하고도 자연스러운 방향이었다.

그리고 드디어 색을 찾았다. 죽은 나무의 껍질과 버려진 폐가구의 밑창을 책임졌던 '베니어판'이 그것이었다. 나는 그것들을 모아서 새로운 표현 기법을 모색했다. 어둠이 내린 골목길의 무게를 견디는 달동네 작은 집들에는 썩은 나무껍질이나 베니어 조각을 붙이고, 그 위에 물감을 덧칠해서 질감과 입체감을 살렸다. 베니어를 구하는 것도 어려웠지만 이를 뜯어 붙이는 일은 그 수고의 몇 배나 되었다.

폐자재 베니어는 그동안 거들고 받쳤던 수많은 것들의 크고 작은 상처를 온몸으로 받아 냈기에 이미 갖가지 색을 품고 있었다. 붉고, 푸른 곰팡이도 피어 있었고 썩어서 검게 변한 몸통은 닳아 사라진 몸피를 슬프게도 부여잡고 있었다. 베니어가 갖고 있는 시간과 경험 이야말로 골목길 풍경을 채색할 수 있는 적확한 색이었다.

나는 낡고 허름한 풍경에 안긴 수많은 이야기를 어둠 속에서 은근한 빛을 내는 노란 가로등 불빛으로 짐작할 수 있었다. 이야기들이 실타래 풀어지듯 조심스레 술술, 가로등 불빛을 따라, 전봇대 그림자를 따라서 사방 밖으로 나올 참이었다.

베니아판의 물성을 살린 달동네 초가의 지붕은 허름하지만 단단했고, 누추하나 은근 위용을 잃지 않았다. 나는 결결이 베니아를 쪼개고 이어 붙이는 아주 긴 시간에 몰입하면서 작가로서의 환희를 경험했던 것 같다. 담벼락에, 또 가로등 불빛을 등지고 선 빨랫줄에 어떤 이야기가 담겨 있을지 가만히 마주앉아 듣고 싶어졌다.

골목을 돌아 돌계단을 오르던 그 사내는 지금쯤 둥글고 수줍은 불빛 아래 가족과 함께 늦은 밥상에 둘러앉았을 거다. 아마도 사내 앞에는 소박한 찬 몇 가지, 그나마 거무튀튀한 빛깔의 김치 조각을 빼놓으면 시래기 무침이나 감자 몇 알이 전부일 터이지만 그래도 밥만은 주발에 동산을 만들며 따숩게 담겨 있을 게다. 사내 가족이 서로를 향해 연 후끈한 가슴의 열기가 이들 밥상을 풍요와 감사로 만들게 될 것이다. 판잣집마다 새어 나오는 노란 불빛은 그래서 은근하고 훈훈하며 흉내 낼 수 없는 깊이 있는 공간을 만들고 있었다.

첫 개인전 평을 해 주신 서성록 교수님은 내 작업의 특성을 "물질의 고유함을 보존하면서도 사물의 섬세한 표정을 얻어내는 것"이라고 말씀하셨다. 베니어판을 구해서 그 표면을 닦고 결결이 크고, 또는 작게 조각내 쓰는 일련의 과정은 적잖은 시간이 필요했다. 그렇게 재료를 씻고 다듬는 것에도 많은 시간이 필요했지만 이를 작업으로 진행하는데는 준비보다 더 많은 시간이 소요됐다.

나는 이 모든 과정에서 현재는 힘들고 고달프지만 이런 오늘이 하루하루 모여서 가까운 미래는 달라질 거라는 바람을 키웠다. 그렇게 작업하는 일련의 시간은 지금은 침몰하듯 가라앉았지만 시간과, 그 안에 내재한 희망이 곧 생기를 만들 거라는 확신을 틔웠다.

빈자(貧者)에게 바치는 헌사

...

2012년 6월 6일~13일 서울 인사아트센터서 열린 개인전은 '삶터'라는 주제로 일주일 동안 전시가 진행되었다. 너무나 감사하게도 많은 분들이 찾아와 주셨다. 그리고 첫 전시회를 응원해 주시려는 것이었는지 관람객과 평론가들의 호평이 이어졌다.

'꿈꾸는 리얼리스트'란 제목의 첫 전시회 작품들은 관람객의 이야기를 담아내고 있었다. 그러면서 작품 속 판잣집은 제각각 얼굴과 목소리를 찾았다. 남루한 채로 헤벌쭉 웃던 모퉁이 집은 다음 날 낮에 햇빛을 받노라면 제 몸에 핏줄처럼 퍼져 나간 실금을 보게 될 것이다. 그리고 일상에서 떠안은 크고 작은 상처를 기억해 낼 것이다. 내려앉은 지붕을 볼 것이다. 감당하기 버거워 주저앉았던 지난 날의 사건, 사건을 상기할 것이다.

켜켜이 상처받은 과거는 어둠이 그것을 감추고 있지만 은근한 달빛과 차라리 어두운 가로등은 이를 모른 채 핥아 주며 위로하고 있다. 모퉁이 판잣집은 이 모두를 알면서도 울거나 자조하며 함부로

기다림 2, mixed media oldwood on canvas, 116*91cm, 2012

감정을 드러내지 않는다.

전시장에서 많은 사람들의 관심을 받았던 〈기다림〉이란 제목의
작품은 실제 한 할머니와의 만남 이후 작업할 수 있었다.
작업실에서 나와 점심을 먹고 발길 닿는 대로 산책하던 길, 길모
퉁이에 다 쓰러져 가는 집 한 채가 있었다. 분명 사람이 살기 어려울
것 같은 환경이었지만 댓돌 위에는 신발이 한 켤레 놓여 있었고, 툇
마루에는 불빛이 희미했다. 대문도, 울타리도 없는 곳, 마당도 정돈
되지 않은, 폐가라 해도 전혀 이상하지 않은 곳으로 나는 홀린 듯
들어섰다.
나는 낮인데도 흐릿한 등불을 켠 툇마루로 천천히, 가까이 걸어가
면서 "계세요? 아무도 안 계세요?"라고 나지막한 목소리로 인기척을
살폈다. 잠시 뒤 어렵게 몸을 일으키는 소리가 들리고, 백발에 등이
굽은 할머니 한 분이 어둑한 방에서 나오셨다. 할머니가 '어떻게 오
셨어요?'라며 툇마루를 내려오시는데 낮고 차분하고 또렷한 발음이
었다. 더디지만 찬찬히 진행되는 몸의 움직임에 참 점잖은 분이라는
걸 알 수 있었다. 낡고 허름하나 단정한 옷차림과 이미 백발이 주인
된 머리칼을 손가락 빗으로 빗어 넘긴 듯한 머리 모양은 단정하나
현재 할머니의 형편을 한눈에 알게 해 주었다. 사이사이 제 흐름을
이탈한 머리칼은 갈 길을 잊은 노인의 걸음처럼 황망했다.
나는 선뜻 할머니께 다가서지 못하고, 혹시 놀라실까 염려되어 지
나가다 불빛을 보고 들어왔노라고 말씀드렸다. "낮에 왜 불을 켜

두셨어요?"라고 여쭙자 할머니는 "네…." 하신다. 여기 혼자 사시냐며 거듭 여쭸다. 할머니는 쓸쓸히 웃으시며 답변이 없으셨다. 바람 소리인 듯한 목소리로 짧게 말씀하시고는 끝이었다. 나는 소년 같은 궁금증으로 왜 혼자 지내시는지, 자제분들은 없는지 등 꼬리에 꼬리를 무는 궁금증을 이길 수 없어 여쭙기를 계속했다.

할머니도 처음 보는 사람이지만 나의 방문이 그리 불편하지는 않으셨는지, 아니면 모처럼 만난 말 상대가 반가우셨는지, 조르듯 계속되는 나의 질문에 말문을 열기 시작하셨다.

사연은 이랬다. 할머니는 4년 전까지만 해도 치매를 앓는 할아버지와 이 집에서 함께 사셨단다. 아마 초기 치매였던 것 같은데, 하루는 다리 아픈 할머니를 대신해 가게에 가셨다가 돌아오는 길에 행방불명이 되셨단다.

할머니는 할아버지가 가셨던 길을 되짚어 걸으며 다녀가셨다는 식료품점에도 들렀지만, 왔다가신 건 맞다는데 할아버지는 댁에 오지 않으셨다. 아마도 댁으로 돌아오시는 길에 문제가 있었던 것 같다. 할머니는 300여 미터 남짓한 댁과 상점을 걷다 쉬다를 반복하며 몇 차례씩 오고가셨단다. 길가 상점이나 버스정류장에 선 사람들에게 물어도 할아버지를 본 사람은 한 명도 없더란다.

그 후 할머니는 기다려도 돌아오지 않는 할아버지를 계속 기다리고 계셨다. 서로의 나이듦을 챙겨 주던 동반자에게 거두지 않는 애정과 믿음은 오늘까지도 할머니가 버틸 수 있었던 힘이었으리라. 그

힘으로 할머니가 살고 계신 집은 쓰러질 듯 남루할망정 온기를 잃지 않았던 것이다.

나는 한참을 할머니댁 툇마루에 걸린 전등을 바라보았다. 그리고 언제든 할아버지가 그 불빛을 보고 돌아오시기를 기도했다. 할아버지가 지상에서의 소풍을 끝내고 할머니와 함께 하늘로 돌아가시기를 간절히 바랐다. 할머니 집을 돌아 나오는 내내 내 등을 보고 계실 할머니를 다시 돌아볼 수 없을 것 같았다. 할머니의 기다림이 너무나 슬퍼서, 온 기운을 끌어모아 불을 밝힌 전등이 애달파서 웃으며 이별할 수가 없었다.

나는 믿고 싶었다. 후미진 골목길, 시간과 어둠을 짊어지고 계단을 걸어 오르는 가장의 우직한 등에서 '버티겠다.'는 희망을 읽어 낸 것처럼 할머니의 기다림은 곧 재회의 기적을, 극적 상봉의 전설을 쓰게 될 거라는 걸. 그리하여 더 이상의 혼자된 고독과 짝을 잃은 상실감으로 할머니는 버티지 않아도 될 것이라 확신했다.

전시회가 끝날 즈음 전시장을 찾은 이들의 호평 속에 언론에서도 나의 도전을 칭찬했다. 그 내용은 하나로 모아지는데, 내 작품이 화려한 도시가 숨긴 가난한 자들의 이야기, 빈궁한 삶의 희망과 가난의 희망을 발견하고 있다는 해석이었다.

그리고 가난이 품은 희망이란 주제를 특별한 소재를 통해 사실적으로 재현하고 있다는 평가였다.

전시회에서

—누추한 집들이 다닥다닥 붙어 있는 달동네의 가파른 계단길
이며, 옹벽이며, 화장실이며, 전신주에 붙어 있는 간판이며, 길갓집
의 불 켜진 작은 창문이며… 달동네를 통해서 어둠 속 한 줄기 희망
의 빛을 그리고 가난과 궁핍으로 인한 열악한 환경 속에서도 사람
의 따뜻한 정을 그리며 암울한 과거 속에서 미래의 희망을 그린 화
가.—

2013년 가을, 죽음을 만졌다

...

지금 생각해 보면 내가 화려한 도시 불빛이 아니라 수차례 굽은 골목길에 눈을 두고, 그곳을 터전으로 살아가는 가난하고 잊혀진 자들의 이야기를 궁금해했던 까닭이 있었던 것 같다. 나의 어린 시절과 청소년 시절의 가난이 그들과의 공통 경험이었고, 살아 보겠노라 몸부림쳤던 움직임 또한 같을진대, 그것이 전부는 아니었던 것 같다. 나는 당시에는 절대 상상할 수 없었던, 상상해 보지 않았던 일을 어쩌면 운명처럼 그때 이미 알고 있었을지도 모른다. 가난과 허기진 매일을 지나온 즈음, 다른 감당 못할 일은 또 없을 거라는 바람과 확신을 신뢰하고 있었다.

그러나 이후 벗어날 수 없을 것 같은 문제가 다시 또 나를 덮쳤다. 피해 갔다면 좋았을 일이 생길 거라는 징후를 그때 나는 이미 알고 있었나 보다.

첫 전시회를 나름 성공적으로 마치고 이듬해인 2013년 10월 코엑스에서 열린 한국국제아트페어(KIAF)에 초청됐다. 세계적인 작가와 그들의 작품이 한 공간에 모인다는 사실도 설레는데 판매를 통해 작품의 가치를 평가받는 일련의 과정은 기대와 긴장이 뒤섞여서 어지럽기까지 했다. 금세 개인전을 치른 덕분인지 많은 갤러리 관계자들이 나와 내 작품을 알아보았고, 작품 소개에도 적극적이었다. 주요 컬렉터들도 내 작품에 관심을 보였다. 지난 전시회를 방문했다는 분들도 계셨다. 나는 계속되는 호평 속에 설렜다. 드디어 '그림으로 성공하겠다.'는 내 꿈이 실현되는 듯싶었다. 주변의 평가에 크게 영향받는 사람은 아니었지만 솔직히 그들의 관심은 한껏 나를 들뜨게 했다. 그래, 나는 작가다. 이제 굶더라도 화가로 살자!

내 그림이 비싼 가격에 모두 팔리기를 원했다. 하지만 실제 작품 거래가 진행될 때는 실망을 숨길 수 없었다. 소수의 몇 작품만 흥정이 오갔고, 가격을 낮춰 달라는 요청도 있었다. 언짢았다. 작가라면 모두 그러하겠지만 창작에 쏟았던 열정과 애정과 정성이 모두 부정당하는 것 같아서 평정심을 유지하기 어려웠다. '그동안 내가 얼마나 노력했는데… 나를 평가하는 게 고작 이 정도인가?' 속상했다. 그리고 헐값으로(내가 생각하기에는) 작품을 사려는데 오기가 생겨서 작품을 한 점도 팔지 않았다. 돌아보면 그때가 가장 화가다웠던 것 같다.

그렇게 행사를 마치고 함께 출품했던 작가들, 갤러리 관계자들과 함께하는 뒤풀이 자리가 있었다. 갤러리에서는 기대만큼은 아니었으나 판매된 작품 수와 가격에 만족하면서 모두의 수고를 위로하고

거듭 새 일을 도모하자는 취지였다.

수차례 이어진 술자리를 순회하며 나는 매우 취했다. 술자리를 마다한 적은 없었지만 그날은 유독 더 많이 마셨던 것 같다. 심야 시간이 가까워서야 친구가 운전하는 차를 타고 춘천으로 출발했고 나는 조수석에서 곧장 잠이 들었다.

집으로 가는 길, 사고가 발생했다. 교통사고였다. 그리고 나는 시력을 잃었다.

언덕길을 내려가며 트럭을 추돌했단다. 내가 앉은 자리는 종잇장처럼 구겨졌고 내 머리는 다 으깨져서 크게 부풀어 올랐단다. 이 모두는 가족에게 들은 사고의 전말. 나는 아무것도 기억하지 못한다.

이후 내 머리가 짓이겨져서 현장에 출동한 경찰들과 119 구급대원들이 강원대학교부속병원으로 급히 후송했다고 한다. 그러나 강원대학교병원에서는 내 머리가 두 배 이상 부풀어 오른 까닭을 알지 못했기에 나는 가족들의 강력한 요청으로 구급차를 타고 서울 고려대학교 안암병원으로 후송되었다. 여동생이 내 친구들에게 상황을 알리고 병원을 수소문한 끝에 다시 고려대학교 구로병원으로 이송되었다. 그곳에서 머릿속 혈관 중 7곳에서 꽈리처럼 부풀어 오른 혈관을 바로잡는 응급수술을 몇 차례 받았단다. 의사는 수술 성공을 장담할 수 없다고 했고, 뇌수술 중 사망하거나, 뇌사 상태가 발생할 수도 있으며, 수술이 성공한대도 평생 누워서 생활할 확률이 70% 이상이라고 했단다. 가족은 그저 살려만 달라고 애원했고 이후는 내 생명을 쥔 분께 눈물로 기도하는 것밖에는 어떤 방법도 없었단다.

'살아 있는 게 기적이에요!' 퇴원하면서 의사의 말을 곱씹고 또 곱씹었다. '그래 살아 있는 게 감사다. 가족을 기억하고, 내가 무슨 일을 하는 사람이고, 어떤 추억이 있는지, 이 모두를 잃지 않았으니 다행이다.' 그렇게 생각하고 웃고, 또 웃고, 밝게, 더 밝게 생각하려고 애썼다. 동생의 부축을 받으며 병실 문을 나섰다. 발을 딛는데 구름 위를 걷는 것 같았다. 병원 중앙 현관을 나가고 있다는 동생의 말을 듣고부터는 덜컥 무서움이 쫓아왔다. 이제 정말 이전과 다른 새 삶의 시작이다!

방안에 우두커니 앉았다. 머릿속으로 집안 구조를 생각해 본다. 엘리베이터에서 내리면 왼쪽에 집이 있다. 현관을 열고 들어서면 오른쪽으로 돌아 중문을 연다. 그리고 다시 왼쪽으로 돌아야 거실이다. 동생이 걸음을 옮길 때마다 내 곁에 서서 알려 준 우리 집 구조다. 앞이 보였을 때는 기억하거나 외울 필요도 없던 것들이었다. 그러나 그때의 나는 동생이 알려 준 많은 것을 머릿속에 새기고 또 새겨야 했다.

어둠 속에 있노라니 보였을 때의 모든 정보가 뒤죽박죽되어서 어느 것 하나 선명하지 않았다. 그러니까 늘 오가던 거리, 추억에 빠져 눈을 감아도 환히 그려지는 옛집 마당의 길을 떠올리는 경험과 다르게, 보이지 않는다는 것은 캄캄한 속에서 깊이를 알 수 없는 물속으로 빨려 들어갈 것 같아 허둥대고 몸부림치는 그런 두려움이었다.

퇴원 후 몇 개월은 보이지 않는다는 현실을 수용하기 위해 나를 달래고 또 달랬다. '그래도 말할 수 있어서, 그래도 걸을 수 있어서.' 라는 말을 되뇌이며 다독이고 현실을 받아들이라고 달래고, 다그쳤다. 그러나 노력해도 생각과 마음이 내 말을 듣지 않을 때는 불덩이 같은 감정이 치솟았다. 그리고 그때마다 나는 가족들을 등지고 앉아 목울대가 뜨겁도록 꾸역꾸역 솟아나는 눈물을 삼켰고, 들키지 않으려고 숨죽여 우는 법도 익혔다.

"가족은 내 등을 보면서 빛이 나와 마주한다며 기뻐한다. 나는 가끔 가족에게 등을 돌리고 눈물 흘릴 때가 있다."

나의 교통사고 이후 평소 여느 아주머니들처럼 말이 많지 않던 동생은 작정한 듯 수다스러워졌고, 특히 어머니와 함께 있는 자리에서는 더욱 그랬다. 그리고 드디어 내게 무언가를 해보라고 요구하기 시작했다. 어느 날 동생은 내게 "이름 좀 써 봐."라고 하더니 이내 "동그라미 좀 그려 봐." 한다. 오빠는 화가였으니까 다시 그림을 그리면 좋겠다고 했다. 처음에는 말도 안 되는 소리라고 면박을 줬다. 내 현실을 더 비참하게 만들려는 것은 아닌지 원망스럽기도 했다. 보이지도 않는데 무슨 그림이란 말인가, 보이지도 않는데. 당최 아무것도 안 보이는데…….

그러나 나도 놀라울 만큼 동생의 제안에 화를 내고 나서 얼마의 시간이 지나지도 않았는데 순순히 연필을 잡고 무언가를 그리기 시작했다. 대략의 스케치북 크기를 손으로 가늠하고 그 안에 쓱쓱 나

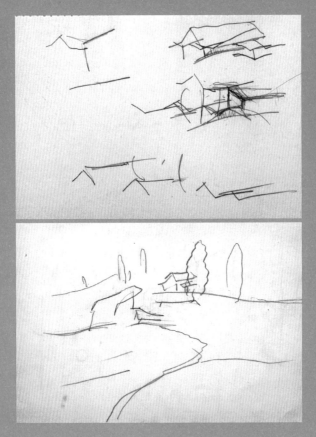

처음 연습한 스케치

무를 그려 봤다. 그리고 싶었다. 이전의 내 작품 속 나무껍질의 거친 몸피가 사고 이후 내 일상의 정서였고, 목넘김이었기 때문이기도 하지만 솔직하게 우람한 나무 등걸을 끌어안고 펑펑 울고 싶었다. 그 마음이 강해서였는지 나는 스케치북 가득 키가 큰, 그러나 잎사귀 하나 달고 있지 않은 고목을 그리고 있었다. 밑둥은 이미 수차례 입은 상처로 헐었으나 그대로 굳은살을 만들어 내고 선 고목나무.

  결과는 뻔했다. 대략 나무인 것은 분명히 보였기에 동생이 호들갑을 떨었겠지만 내가 그린 나무는 작고 귀여운 묘목이었다(동생의 말을 듣고 추측하면 그렇다). 그래도 재미있고 좋았다. 병원에서 퇴원 후 지금까지 얼굴 근육 운동 일환으로 입벌리기 연습에 매달렸던 일상에 모처럼 묵직한 나무 향기가 퍼지는 듯했고, 나의 정체성이 서서히 고개를 들며 '너는 누구냐?'고 자극해 오는 것을 강하게 느낄 수 있어서였다. 행복했다. 그러나 고통스러웠다.

나는 화가다

...

여전히 어둠 속에서 생활하는 것이 두렵고 어려웠다. 무엇보다 가장 두렵고 무서웠던 것은 많은 일을, 아니 생활의 대부분을 다른 사람들에게 도움받아야 한다는 것이었다. 여행이나 외출 등은 아예 욕망을 누르는 것으로 해결해야 했고, 그럼에도 밥을 먹는 일에서부터 이발소 방문이나 병원 진료 등 꼭 필요한 일은 어쩔 수 없이 가족의 도움을 받아야 했다. 좀처럼 나아짐 없는 고통이었다. '내 마음대로' 할 수 있는 것이 하나도 없는 현실은 나를 갉아먹었다.

어둠 속에서 목소리만으로 판단해야 하는 일상이 두려웠다. 이미 오랜 시간 병원에서 재활 치료를 했지만 병원 밖 세상은 더 크고, 복잡했다. 황망함에 덩그러니 앉았던 거실에서 스스로 무너지고 있을 때 동생이 나를 일으켜 세우지 않았다면 지금의 나는 없을지 모른다. '오빠는 화가였으니 다시 그림을 시작하면 어떻겠냐?' 건넨 말을 따른 것은 운명이었던 것 같다. 큰 사고에도 오빠가 살아남은 것처럼 화가로서의 재능도 살아 있는지 확인해 보자던 동생의 조용하고 강한 설득이 나를 움직였다.

천천히 연필을 쥐고 동그라미를 그리는데 내 손이 무엇에 이끌리듯 매끄럽게 시작점을 찾아 마무리를 맺었다. 보이지 않아도 화가로서의 눈은 잃지 않았던 것 같다. 그저 동그라미일 뿐이었지만 그날의 기쁨과 환희는 지금까지도 생생하다.

나는 그날을 시작으로 남은 내 삶을 무엇으로, 어떻게 채워 갈 것인지 정했다. 감히 가능하지 않은 일일 수도 있겠지만 이 두려움과 사그라드는 기쁨을 그림을 그리며 맞서기로 했다. 무엇보다 내가 왜 사는지에 답을 찾아야 했기에 나는 다시 그림을 그려야 했다.

그리하여 나는 다시 그림을 시작했다. 그림을 그릴 수 있다는 것으로 나를 다독였다. 캔버스를 앞에 놓고, 손을 뻗어 표면을 만지노라면 나는 모래사막 위에 혼자 선 나그네의 심정이기도 했고, 초원을 내달리는 야생마의 활력을 느낄 수도 있었다. 더디고 답답했지만 나는 '내 영혼의 눈을 뜨리라' 결심하고 기도하는 마음으로 한참 동안 캔버스를 만져 보았다. 볼 수 없으니 이전처럼 연필이나 목탄 등으로 밑그림을 그릴 수는 없었다.

동생은 거실 창가 앞에 큰 작업대를 만들었다. 어차피 빛을 볼 수는 없지만 오라비의 새 걸음에 환한 빛이 함께할 거라는 기대와 소망을 담아서 그리했을 것이다. 나는 아침 일찍 일어나서 작업대 곁에 선 이젤 앞에 앉는다. 그리고 몇 시간이고 캔버스 화면을 '본다'. 한참을 그렇게 앉았다가 아무것도 없이, 아무것도 없는 암흑 속에 선,

박환의 화구들

나와 같은 그것을 그려 본다.

며칠 동안 캔버스 앞에 앉아 생각한 것은 고목(枯木)이었다. 잎을 모두 잃고, 열매도 사라진 고목의 낙심(落心)이야말로 그때의 내 마음이었다.

캔버스의 네 귀퉁이를 손으로 만져 보고 위치를 잡는다. 손으로 더듬어 나무의 키와 가지의 방향을 머릿속에서 그려 본다. 그리고 손으로 가늠하며 밑그림을 그려 간다. 그런데 채색이 문제였다. 나무가 어디에 있는지 알 수 없었다. 방법을 찾아야 했다. 손이 눈이 될 수 있는 방법.

답을 찾는 것은 어렵지 않았다. 감각으로 인식할 수 있는 것을 캔버스 위에 표시해 둔다면 이후 채색도 가능할 것 같았다. 생각해 낸 것은 끈이었다. 캔버스 위에 고정해 둘 수만 있다면 손으로 만져 보며 채색을 할 수 있을 것 같았다. 내 생각대로였다. 맨처음에는 나일론 끈을 연결해 스케치하다가 세밀한 표현을 위해 실을 사용했다. 어머니의 오랜 바느질이 영감을 주었다.

동생은 굵기별로 다른 실을 가져왔다. 연필 대신 실을 늘어뜨려 밑그림을 그리고, 한 획이 끝나는 부분에 핀을 꽂아 고정하면 나무도, 꽃도, 집도 표현할 수 있었다. 실은 얼마든지 자유자재로 굵기를 조절할 수도 있어서 손으로 만져 가면서 생각한 대로 표시해 둔 곳에 원하는 색깔과 밝기를 조절할 수 있었다. 명도와 질감, 원근법을 살릴 수도 있었다.

어려웠던 것은 밑그림 단계서부터 완성까지 머릿속으로 완성한 그

스케치단계

림을 작품이 완성될 때까지 잊지 않도록 꽁꽁 붙들고 있어야 했던 일이다. 그때, 암흑 속에서도 환하게 보였던 것은 보일 때 마음속에 개켜 둔 아름다운 자연의 얼굴, 그것이었다.

밑그림을 위해서는 굵기도 다양한, 길이도 다양한 실이 많이 필요했다. 덕분에 어머니의 수고를 또, 거저 받게 되었다. 어머니는 종일 실을 꼬아 매듭을 만들어 주셨다. 나도 어머니만큼 부지런하게 캔버스에 실을 펼치고, 핀으로 고정하면서 밑그림을 완성했다. 그리고 붓을 대신해 손가락에 물감을 묻혀 캔버스의 실 자락을 따라 채색을 시작했다. 동생이 짜 놓은 물감을 손가락으로 양을 조절해 묻혀서 색의 밀도를 표현하고, 물을 섞어 농도를 '느껴 가며' 원근법을 살렸다. 머릿속 생각대로 색을 입혔다. 그런데 어떻게 그리고 있는지 확인할 수 없으니 답답하기만 했다. 그렇지만 멈출 수는 없었다. 그림은 내가 다시 사는 목적이었고, 까닭이었기 때문이다.

머릿속에 남아 있는 기억, 그중에서도 봄 기억을 캔버스에 다시 옮겼다. 앞이 캄캄해지고나니 다시 보고 싶은 것은 이전에 탐구했던 도시의 골목길이 아니었다. 아무것도 볼 수 없는 1급 시각장애인이 되어서였을까? 아무것도 보이지 않고, 빛조차 분간할 수 없는 속에 살면서 나는 빛을 갈구했던 듯싶다. 앞이 보였을 때 내일의 빛을 갈구했던 이들의 모습을 살피며 그들에게서 꺼지지 않은, 꼭 쥐고 놓지 않은 희망의 빛을 발견했던 내가 지금은 어쩌면 그들과 같은 마

열린마음의 세상, 100*80cm 캔버스에 흙- 실-청바지-지퍼, 2017

음으로 빛을 갈망하고 있었던 것이다.

　시내에는 맑고 푸르른 물이 흘러넘치고 숲은 짙은 초록 이불을 덮고 누웠다. 그 숲에서 포르르 살아나는 봄내음을 한껏 들이마신다. 붉은 대지에서는 무엇이든 또다른 생명이 돋아날 듯 흥겹다. 내가 보았던 풍경, 감탄했던 모습들이 내 그림 속에서 또다른 의미를 품고 다시 솟아나기 시작했다. 완성된 작품이 내 생각을 그대로 담아내고 있는지 나는 볼 수 없어 알 수 없지만 나의 마음은 담겼을 거다.

　이미 나는 대상이 내게 묻는 말을 알고, 답을 하기 위한 제법 긴 시간을 방황했었다. 내 안의 생각을 어떻게 표현할 수 있는지, 그것을 망설이던 시간 또한 짧지 않았다. 그리고 마침내 주목하지 않는 삶의 전경 속에서 스스로 답을 찾고 미래를 기대하는 이들을 만났다. 나는 그들에게서 삶을 대하는 진심과 우직하게 희망을 기대하는 인내와 의지를 읽어 낼 수 있었다. 그리고 시각장애인이 된 지금 나 또한 그들처럼 내 안에, 내 눈에 빛이 가득하기를 소원한다.

　완성된 작품은 나를 대신해 동생과 어머니가 보고 생각대로 표현되었는지를 검토해 주신다. 또 한 번 내 눈이 되어 주시는 거다. 그러고 보면 내 작품은 나 혼자가 아닌 어머니와 동생과 나의 공동작업으로 완성되는 셈이다. 작품 구상 단계에서부터 어머니와 동생에게 구체적인 내용과 분위기를 설명한다. 특히 분위기를 말할 때에는 우리의 어린 시절 추억이 빈번히 호출되기도 했다. 형편이 어려운 속에서도 자연이 주는 풍요로움을 한껏 누린 우리 가족은 내가 그리

고목나무의 삶, 73*91cm, 캔버스에 흙-실-청바지-나무, 2018

고 싶은 초록 숲의 얼굴이나 꽃 대궐이 된 봄의 풍경을 이야기하며 아지랑이처럼 들뜬 목소리를 몽골몽골 피워 올렸다.

 작품을 완성하고 동생에게 묻는다. 강가 물빛은 맑고 따스하게 느껴지는지, 고목 나무의 높이는 강물을 내려다볼 만큼 웅대한지, 가지는 하늘을 보고 쭉 뻗어올랐으며 그중 몇 가지는 옆으로 누워 심성 고운 나뭇잎을 자랑하고 있는지 등등 제법 긴 시간에 걸쳐 작품 검토가 진행되고, 동생은 최종적으로 나의 생각대로 그림이 이야기하고 있는지를 확인해 준다. 그리고 자신의 감상은 어떠한지, 최대한 자세하게, 정성스레 단어를 찾아가면서 자세하게 말해 준다. 이러한 과정을 거쳐 드디어 작품이 완성된다.

다시 그림으로 소통하다

...

  2013년 10월, 교통사고로 완전하게 시력을 잃고 2014년 8월 다시 그림을 시작했다. 1년도 채 안 되는 시간이지만 내게는 천년의 시간만큼 길게 느껴졌다. 몇 차례 수술과 재활로부터 다시 그림을 그리겠다는 도전의 시간까지 그 모두는 고독과 눈물로 채워졌기 때문이다.

  다시 그림을 시작하고부터 나는 매순간 크고 높은 벽 앞에 선 느낌이었다. 도대체가 넘어설 용기조차 나지 않는 적벽 앞에서 나는 작디작은 존재였다. 상상한 풍경을 작품 내내 붙들고 있어야 하는데 그것은 매번 다른 느낌으로 떠올랐고, 색깔 또한 흐릿해졌다. 어느 날은 푸르고 높은 하늘빛에 잔잔한 바다가 있었는가 하면 그 바다는 자주 위치가 달라져서 혼란스러웠다. 그럴 때면 덜컥 겁도 났다. 이렇게 그림을 계속할 수 있을까 생각했다.

  하지만 조바심과 두려움으로 작업을 멈출 수는 없었다. 어쩌면 기억하는 풍경을 모두 잃을 수 있기에 간절함으로 더 매달렸다. 그렇게 한두 작품씩 완성해 갔다. 당장은 전시를 기대할 수도 없었지만 내가 그림의 완성 정도를 확인할 수 없는 상황이니 동생의 말만 듣고 덜컥 전시를 욕심낼 수도 없었다. 그저 나는 묵묵하게 그림을 그리는 데에만 몰입했다. 어둠 속에 살면서 이전에 보았던 장면들이 점점 제빛과 색을 잃어가고 있음을 인식했을 때, 나는 이전보다 더 단단하게 나를 붙들었다.

꾸준하게 작업을 이어 갈 수 있었던 것은 희망을 놓지 않겠다는 의지였다. 나는 희망을 붙들고 또 붙들었다. 사고 이후 다시 그림을 시작하고부터 나무를 그렸다. 커다란 키와 두터운 몸피를 가진 고목이었다. 흡사 내 모습과도 같았기에 집착하듯 고목을 그렸던 것 같다. 나는 실로 밑그림을 그리고 동생과 조카들이 준비해 준 나무껍질을 붙여 가며 고목을 살렸다. 세상의 풍파를 견디고 훈장과도 같은 상처가 옹이 맺힌 고목의 용기를 그대로 재현하고 싶었다.

물론 기억으로만 볼 수 있었지만 시간의 횡포로 거칠어진 고목의 몸은 더 단단해 '보였다.'

모든 것을 잃은 고목은 다시 융숭한 잎을 틔우고 열매 맺기를 기대하지 않을지도 모른다. 그러나 고목은 자신의 꺼지지 않은 생명의 불씨를 분명 알고 있을 것이다. 자신을 둘러싼 다른 생명의 움틈이, 자신으로 인해 싹을 틔우는 초록잎과 꽃들을 만날 수 있었기 때문이다. 그들이 고목을 다시 살게 하여 고목은 죽지 않은 것이다. 죽지 않을 것이 분명하다.

붓보다는 손가락 감촉이 더 정확했다. 원하는 색상을 내려면 물

희망 2, 100*80cm, 캔버스에 흙-실-청바지, 2016

감을 섞어야 하는 경우가 많은데 어떤 물감끼리 섞어서 어떤 색이 나왔다는 걸 떠올리려고 애썼다. 보이지 않으니 과연 그 색상이 정확하게 나왔는지는 알 수 없다. 간혹 실수로 완전히 엉뚱한 색을 칠할 때도 있어서 작품을 망치기도 하는데, 또 그런 대로 의외의 성과가 발견되기도 했다. 내가 생각했던 것보다 동생의 반응이 아주 좋을 때는 볼 수는 없지만 내 작품이 어떻게 멋지다는 것인지 매우 궁금했다.

나는 지금도 이젤 앞에 앉아 기도하는 것으로 그림을 시작한다. 사고 전 보았던 것들에 대한 기억도, 그 색깔도 점점 희미해져 가는데 이러한 상황에서도 주저앉지 않도록 붙들어 달라고, 그림을 할 수 있는 힘을 달라고 간절하게 기도한다. 내 작품이 나만 보는 그림이 아니라 눈이 보이는 사람이든, 안 보이는 사람이든 눈으로도 마음으로도 다 함께 볼 수 있는 아름다운 봄의 모습이 될 수 있기를 간절히 소원하며 한참을 기도한다. 가족들은 기도하는 내 마음을 잘 모를 수도 있다. 때로는 보이지 않는다는 절망과 답답함이 더 이상 작품을 할 수 없게 했고, 그때마다 괴로워서 크게 소리치기도 했다. 창밖으로 뛰어내려 죽고 싶었고, 그 마음을 누르기 위해 창문에 머리를 부딪힌 적도 있었다. 그림은 절망의 늪으로 나를 밀어넣었다.

그러나 나를 구원하는 것도 그림이었다. 내가 살아난, 또 살아야 할 까닭은 그림이었다. 어쩌면 하나님이 나를 통해서 세상에 던지는 메시지를 열심히 찾아내는 일이야말로 내가 살아갈 이유였다. 기도

가운데 답을 얻고 마음의 평안을 찾게 되면 스케치를 시작한다. 그리고 굵고 가는 실로 스케치를 끝내면 이후 손가락으로 스케치를 더듬고 만지며 그림의 윤곽을 이해하고 이후 색을 입혔다. 입체감을 주기 위해 실뭉치 위에 천을 붙이고, 그 위에 흙을 바르고 색을 발라 대상의 살아 있음을 드러냈다.

채색도 혼자서 할 수 있는 방법을 고안하고 여러 차례 하다 보니 익숙해지고 자신감도 생겼다. 물감을 덜어 쓰는 팔레트 대신 큰 쟁반에 칸을 만들어서 순서대로 물감을 짜 놓는 것이다. 첫 번째 칸은 빨강, 두 번째 칸은 주황 하는 식으로 색깔의 순서를 외우고, 손가락으로 색을 만져 가며 채색을 한다. 머릿속에 떠오른, 그리고 싶은 작품을 스케치부터 완성까지 기억하거나 나만의 팔레트에 물감을 짜 놓은 순서를 잊지 않는 일은 쉽지 않았다. 그런데 작품을 완성하는 데 걸린 시간은 오히려 이전보다 더 짧아졌다. 초집중했기 때문일 거다.

작품을 시작할 때 간절히 기도부터 시작하는 나를 하나님이 긍휼이 여기셨을까, 간절하게, 또 애타게 다시 그릴 수 있기를 간구하는 내 목소리를 들으셨을까? 그림으로 인해 고통스럽거나 기쁜 것은 모두 하나님의 도우심인 것을 깊이 느낀다. 나는 그림을 그리지 않으면 죽을 것 같아서 하루 8시간 이상 그림에 매달렸다. 그렇게 그린 작품이 한 점 두 점 쌓여서 20점이 되었다. 몇 군데 갤러리에서 내 작품에 관심을 보였지만 전시회를 열어 주겠다는 소식은 없었다.

전시회에서

그러던 어느 날 서울 서초동에 있는 갤러리 쿱(Gallery Coop)에서 내 작품을 전시하겠다고 연락해 왔다. 갤러리 관계자를 만난 적도 없는데 프로포즈를 받은 것이다. 갤러리에서는 작품 사진을 메일로 보내 달라고 했고, 동생이 나를 대신해서 전송한 작품을 확인 후에는 춘천으로 찾아와 전시 일정을 조율했다.

아, 드디어 머릿속으로 기억하고 상상한 풍경들이 세상에 나오게 된 것이다. 내 작품을 비장애인들과 함께 감상하고, 그 감상을 나눌 수 있는 길이 열렸다. 비장애인들의 '눈'과 보지 못하는 장애인화가의 '눈'이 마침내 만나게 되었으니 서로 경험하지 못한 세계가 다채롭게 펼쳐지고 기획될 것이다.

초록빛의 환희를 누리시라

...

   나는 찬란한 봄빛을 좋아한다. 손으로 물감의 농도를 조절하며 실뭉치와 흙, 청바지 위에 색을 입힐 때도 머릿속에는 초록 누리 봄이 한창이다. 이 봄을 놓지 않으려고 작품을 시작하고부터 마무리까지 식사도 거른 채 집중한다. 고갱은 '보기 위해 눈을 감는다.'고 하지만 나는 눈으로 보지 못하는 봄의 향연을 마음으로만 보노라니 이를 기억하고 간직하기란 참으로 어렵다. 그래서 더욱 기억을 붙드는 일에 간절하다.

   생명을 만들고 깨우는 초록의 계절은 숭고하다. 지천에 흐드러진 초록 풀잎은 그 무더기 기운을 모아 다른 생명을 깨운다. 다른 많은 것을 보듬고 틔우는 봄은 그래서 어머니이다. 몸은 쇠했으나 퍼내도 마르지 않는 샘물을 품은 어머니는 언제나 '할 수 있다.' 말하고, '될 수 있다.'고 생각한다. 주문처럼 외고 또 외는 바람 때문에 어머니는 봄이다.

봄의 풍경, 100*80cm, 캔버스에 흙-실-청바지, 2015

폭포 2, 73*62cm, 캔버스에 흙-실-청바지, 2019

봄은 끝내 물러서지 않을 것 같은 추위를 이기고, 동토의 마음을 어루만져 생명을 맞는다. 그리하여 다시 또 푸르를 내일을 기대하게 한다. 봄은 사라지지 않고, 물러서지 않고, 어김없이 다시 자리를 찾는다. 작품 중 2016년에 작업한 〈봄의 풍경〉은 온화한 듯하나 절벽 위에 혼자 앉은 집을 통해서 봄의 화평한 분위기에 담긴 의지와 생명의 힘을 담고 싶었던 작품이다. 화려한 계절의 봄의 얼굴을 보여주려는 것이 아니라 꽃 피고 초록 깊은 봄을 키운 보이지 않는 힘, 어머니의 힘을 담고 싶었던 것이다.

2017년 1월 19일부터 시작한 전시회의 마지막 날 30일. 한 남자가 전시회 관람 후 내게 인사했다. 그는 전시 잘 보았다면서 내 손을 꼭 잡았다. 악수를 하고 싶다는 그에게 반갑게 내민 손은 순간 뜨겁고 강한 힘에 흠칫 놀랐는데 그와 동시에 그가 울먹이기 시작했다.

그는 몇 차례 사업 실패로 빚더미에 올라앉았고 더 이상 늘어난 빚을 감당할 수 없어 죽기로 결심했단다. 자신이 죽는 것보다 가족들에게 돈을 벌어다 주지 못한 일을 더 크게 자책하며 살아야 할 이유를 찾지 못했던 그는 죽기 전 자신을 위한 선물로 내 전시회 관람을 결정했단다. 아마도 그는 빛조차 분간할 수 없는 장애인이 되어 다시 세상에 나오려는 나를 통해서 자신의 선택에 당위성을 마련하고 싶었을지도 모른다.

그러나 그는 내 손을 붙잡고 뜨거운 눈물을 흘렸다. 이렇게 아름다운 봄을 보지 못했노라며 돈에만 매달려 살며 그것이 세상의 전부라 믿었던, 그래서 사업에 실패하고 빈털터리가 되니 더 이상 살

고향집, 117*91cm, 캔버스에 흙-실-청바지, 2016

장작, 53*46cm, 캔버스에 흙-실-청바지, 2018

이유가 없다고 생각한 자신이 얼마나 극단적이고 부끄러운 사람이었는가를, 교만한 사람이었는가를 이제야 알았다고 흐느꼈다.

나는 사내의 반응에 적잖이 놀랐지만 그 놀람의 크기보다 더 크고 높은, 뜨거운 감사의 눈물을 삼켰다. 삶을 중단하기로 결정한 누군가가 내 그림으로 인해 그 결정을 바꾸었다면 내가 간절한 바람으로 작업했던 봄의 생명력이 내 안에서만 머물지 않았기 때문이다. 내 바람이 다른 이들에게 전달되었다는, 그들과 내가 같은 것을 바라보고, 같은 생각을 나누었다는 기쁨과 감사는 오랫동안 쉬이 가시지 않았다.

봄, 봄이 발산하는 생명의 호흡은 따스하고 깊다. 찬찬하고 섬세하다. 초록의 치맛자락으로 포근히 감싸 안으면서도 외롭고, 고달프고, 고독하고, 고통스러운 시간과 그 안의 수많은 이야기들을 들어 주고, 위로하면서도 댓가를 바라지 않는다.

그래서 초록 나무와 제법 빛깔 고운 꽃들은 주체를 삼키지 않는다. 함부로 주인공의 자리를 넘보지 않는다. 그저 사라져 가는 것들, 쓰러져 가는 것들의 울타리가 되어 보살핀다. 토닥이며 '힘내라, 힘내라!' 위로한다.

보였을 때, 가지고 있는 두 눈으로 세상을 보았을 때, 나는 봄볕과 봄기운의 위로가 절대 필요했던 이들을 보았다. 그리고 드러내지 않았으나 뜨거웠던 그들의 갈망을 보았다. '내일은 희망'이라는, 그렇게 되리라는 그들의 소망이 현실의 무겁고 두려운 책임과 의무를 이겨 내고 있음을 발견하고 싶었다. 그리고 지금은 달동네 그들이 되어서, 또 그들을 대표해서 간절하게 바랐던 빛과 바람, 생명을 캔버스 위에 재현하고 있다.

주체를 가리지 않는, 업신여기지 않는 현숙한 봄은 스스로 주인공의 자리를 거절하는 것으로 격조 높은 아름다움을 가졌다.

봄은 고독하고, 낡고, 그리하여 소멸을 기다리는 것들 곁에서 고요하고 세심하게 그것들을 위로하고 살핀다. 그리고 동시에 그들에게 '생명을 낳고 있다.'며 응원한다. 너의 고독이 그대로 혼자의 것이 아님을, 또렷하나 으스대지 않는 생명의 기운으로 지금껏 견뎌 온 너를 일으켜 세워 주겠다 약속하고 있다.

2017년 전시 이후 '시각장애인화가 박환'은 '봄을 그리는 화가'로 알려졌다. 사고 후 첫 전시 전후로 몇 차례 방송 프로그램에도 출연하고 특히 춘천지역 화가로 대표되면서 나의 독특한 이력과 함께 봄의 전경에 집중했던 그간의 작품들이 주목받았다. 아름다운 고장, 재미있는 이야기를 품은 춘천의 얼굴은 봄꽃 가득 핀 내 작품으로 치환되었는데, 그중에서도 나무껍질을 붙여 완성한 판잣집으로 집중되었다. 거칠고 둔탁한 지붕을 이고 선 집에 살고 있을 사람들의 이야기와 그들의 이야기를 품은 집은 작고 볼품없지만 초록의 기운으로 강건함을 입었다.

나의 집들은 2020년 3D 크리에이터 '사나고'와의 협업을 통해서 대

깊은 산속, 117*91cm, 캔버스에 흙-실-청바지, 2016

안 보이지만 제 손가락 느낌과 감각을 이용해서 했습니다

사나고와의 협업

3D펜으로 집 만들기

단히 흥미로운 경험을 하고 새롭게 태어났다. '포스코 1% 나눔재단'의 지원으로 진행된 〈만남이 예술이 되다〉라는 프로젝트에서 3D 크리에이터 사나고는 3D펜 끝의 열기로 3D프린터에 사용되는 실 같은 재료를 녹여서 작품 기다림 속 낡고 쓰러져 가는 판잣집을 살려 냈다. 그는 판잣집의 지붕과 기둥을 반복해 그리면서 열기에 녹은 물질을 쌓아 올려 굳힌 줄로 집의 틀을 만들고, 그 위에 석고붕대를 붙여 판잣집을 완성했다. 내 작품 속 판잣집이 3D 모형으로 세상 밖으로 뛰쳐나온 것이다.

나는 사나고 작가의 입체적 작품을 통해서 앞이 보였을 때 작업했던 집을 손으로 만져 볼 수 있었다. 2011년에 작업한 〈기다림〉이란 작품을 '만져 보는' 순간 오래전 할아버지를 기다리시던 할머니의 힘없는, 모든 것을 내려놓은 듯한 웃음이 떠오르며 순간 먹먹했다. 더불어 '볼 수 있었던 때', 그때의 나의 생각과 감정들도 고스란히 살아났다.

나는 한동안 집을 만져 보며 곁에 있는 물감을 순서대로 짜 놓았다. 그리고 손가락으로 색을 섞어 가며 내가 기억하는 집의 모습을 살려 냈다.

기와가 벗겨지고 베니어판으로 덧댄 지붕에서부터 최선을 다해 버티고 선 기둥과 댓돌 위 신발까지 색을 입히고 나니 벅차고 쓸쓸한 감정에 한참을 눌려 있었다. 헤어진 지 오래라 희미한 기억만 남은 피붙이를 오랜 시간이 지나 다시 만났을 때의 마음이랄까, 어쨌든

사나고 작가와의 공동 작업은 새로운 창작 방식과 재료가 만나고, 각자의 방식대로 의미를 살려 내는 그대로 예술이었다.

 둘의 행위 자체가, 그 결과물이 새로운 예술의 탄생을 알리는 셈이었다.

그래, 다시 봄이다

...

 2019년 12월부터 이듬해 1월까지 KT&G 상상마당 춘천 아트 갤러리에서 '박환: 끝나지 않은 여정'이란 주제로 전시회가 진행되었다.
 강원지역에서 오랜 기간 창작 활동을 지속하고, 지역의 문화예술 발전에 이바지한 중견작가로 선정되어 전시를 할 수 있었다.
 강원지역의 문화예술 관련 공공기관 및 언론사 관계자들이(강원문화재단, 춘천시문화재단, G1강원민방, 강원도민일보, 강원일보) 1차 작가 추천, 2차 심사 과정을 통해 선정하는 것이기에 기대조차 하지 않아서 선정 소식을 들었을 때, 감사와 기쁨의 기도가 멈추지 않았다.
 전시기획자는 나의 창작 여정에 큰 관심을 보였다. 26년 여를 동양화 작가로 활동하다가 서양화로 바꾼 것도 특별한 데다가 시력을 잃고서도 창작 활동에 전념하는 나의 일생에 크게 놀라며 이 과정을 전시회에서 보여 주면 좋겠다고 했다.
 나는 찬성했다. 시각장애인 작가로 앞이 보이지 않는데도 '이만큼'

그린다는 걸 보여 주는 것이 아니라 창작에 대한 나의 열정에 집중하려는 기획이 마음에 들었다. 이미 많은 장애예술인들이 예술을 통해 장애를 '극복'한다는 인식에 걱정과 불만이 크다. 이는 장애예술인만의 문제의식이 아니다. 장애인예술을 주류 예술과 비교하여 작품성이 크게 떨어진다는 의견이나 창작 행위를 장애인들의 여가 활동쯤으로 인식하고 그 결과물을 폄훼하는 의식들은 회복이 쉽지 않을 만큼 만연하고, 깊다.

장애예술인들은 이러한 차별과 저급한 평가에 호되게 '당해 왔다.' 그렇기에 기획자의 의도가 반가웠고 적극 수용했다. 볼 수 없는 이가 마음으로 본 대상의 진실을 모두에게 잘 보여 줄 수 있다면 좋겠다는 생각으로 적극적으로 의견도 내며 기쁘게 참여했다.

앞이 보이지 않는다는 걸 병원 침대 위에서 안 순간, 앞을 볼 수 없는 상태로 집에 돌아오고, 다시 그리기 위해 작업대 앞에 앉았을 때 내 몸의 모든 것이 '끊어지는 듯한 절망'을 경험했었다. 충동적으로 달려드는 '죽어 버려야겠다.'는 생각은 울부짖는 절규 끝에야 그 기운을 꺾었다. 보이지 않는다는 현실은 그랬다.

그러나 나는 살기로 했다. 다시 그림을 그리며 살기로 했다. 그렇게 하지 않으면 살 이유가 없었다.

온 감각을 손에 집중하며 끼니도 거른 채 작업했던 결과물은 오직 꺼지지 않은 생명을 탐색하고 발견하는 일이었다. 봄은 작고 초라한 집에 우뚝 선 고목에게, 외로우리만치 호젓한 숲속 외딴집에게도

복숭아꽃, 100*65.5cm, 캔버스에 흙-실-청바지, 2018

생명을 불어넣고 있었다. 봄 안에서 작은 판잣집은 덩달아 순수의 빛을 만들었고, 가늠할 수 없는 시간에 허기진 고목은 다른 생명의 움틈을 발견하며 자신의 내일을 안심했다. 고목, 그도 웃을 수 있었다. 붉은 황토는 초록잎 새 생명을 출산시켰고, 그것은 돌 틈마다 푸른 이끼를 선물했다.

그렇다, 그리하여 다시 봄이다. 서로를 기대고 의지하는 속에서 희망을 만들고 생명을 틔워 이를 실현하는 능력자는 봄이다. 봄은 무궁한 활력을 지상의 모든 생명에게 차별없이 불어넣고 있다. 봄, 복숭아꽃 흐드러진 봄은 목소리 있는 모든 것들의 축제요, 내일을 기대하라는 약속이다. 그래, 다시 봄이다.

나는 호흡이 있는 한 그릴 것이다. 실명 후 5년여 시간이 흐른 뒤부터 자꾸만 머릿속에 떠오르는 장면들이 죄다 흑백이다. 이렇게 된다면 몇 년 후에는 떠오르는 장면이 하나도 없을지 모른다. 동생과 어머니 얼굴이야 잊겠냐마는 흑백이 되고, 기억나지 않는 일들이 많아진다면 그때 나는 어떡할까?

지금 간절하게 색을 기억하고, 메모하고 있지만 더 이상 어떤 색도 볼 수 없는 형편이 된대도 나는 그림을 그릴 것이다. 그것이 내 삶의 이유이기 때문이다. 사고 이후 작업실을 정리했지만 형편이 된다면 다시 작업실을 만들고 싶다. 제법 큰 그림도 그릴 수 있고, 이런저런 소재에도 도전해 볼 수 있으리라.

무엇보다 내가 가고 싶은 곳을 마음대로 다닐 수 있는 형편만 된

다면 예전처럼 작품을 들고 그림 애호가들을 찾아다니고 싶다. 작품도 소개하고 판매도 할 수 있다면 열심히 그린 내 작품들이 애물단지가 되지는 않을 것이다. 사람들을 만나고, 작품을 소개하고 팔려는 일까지 동생에게 도와달라고 할 수는 없다. 너무 미안한 일이다. 가족의 도움이 집 밖의 모든 일에까지 필요하다면 그들의 삶은 어쩌란 것인가. 나는 또 어떤가. 모두를 피폐하게 할 수 있다.

나처럼 시력을 잃고도 작품 활동을 하는 작가는 전 세계에 10명도 되지 않는다는 이야기를 들었다. 나뭇가지의 굵기가 달라지고, 나뭇잎의 미세한 떨림까지 볼 수 있었던 눈이었는데 이제는 빛조차 가늠할 수 없다. 완전히 다른 세계에 사는 것이다. 어느 하나의 세계에서만 사는 사람들은 나의 세계를 상상할 수 있을까? 특별히 두 세계를 살아온 '나의 세계'를 사람들에게 보여 주고 색과 빛, 아름다움에 대해서 생각을 나누고 싶다. 내 작품을 통해서 서로가 경험하지 못한 다른 세계를 향유할 수 있다면 좋겠다.

이 땅에서 허락한 나의 시간이 다할 때까지 나는 화가로 살 것이다. 내가 기억하는 세상의 아름다움을 간절함으로 구상하고, 채색하는 그 모든 과정의 고통과 기쁨을 온전하게 맞을 것이다. 어김없이 찾아와서 약하고 병든 것들의 바람과 목소리를 듣고 마침내 그것들을 일으켜 세우는 '봄'. 이 축복의 계절을 찾고 또 찾을 것이다. 내 작품이 나를 비롯한 많은 이들에게 마음의 위로와 희망이 되기를 바란다. 그래, 나는 화가이다.

가을을 기다리며

...

내 작품이 제법 그럴 듯하게 보이기를 원하지 않는다. 보이지 않는데 '제법' 했다는 놀라움으로 선택받기를 바라지 않는다. 볼 수 없음이, 기억을 호출하여 그 풍경을 재해석하는 일련의 과정이 많은 사람들의 호기심을 자극할 수 있기를 기대한다. 그리하여 내 작품이 선택받기를 바란다. 나에게 있는 '장애'가 구성하는 독특하고 새로운 세상을 함께 즐기며 누리고 싶다. 그렇게 사랑받는 작가가 되고 싶다.

지난 가을, 뉴스에서 「장애예술인지원법」이 생겨서 장애예술인에게 많은 지원이 있을 거라는 소식을 들었다. 참 반가운 일이다. 장애인예술은 장애인들이 맞닥뜨리는 이러저러한 수많은 제약을 내재하고 있기에 '00함에도 불구하고'란 수식어로 자신의 창작을 평가받았다. 때문에 장애인예술의 개성을 몰랐다. 이제 「장애예술인지원법」도 생겼으니 사람들의 예술적 사고도 이전보다 성숙하기를 바란다. 장애인예술과 장애예술인에 대한 지원이 피부로 느낄 수 있게 시행되면 좋겠다.

이제 작품을 판매할 채널도 많이 만들어지고, 수많은 장애예술인들에게 창작 활동이 기쁘고 자유로운 일이 되도록 다양한 맞춤 지원도 있으면 좋겠다. 적어도 물감 살 돈이 없어서 창작을 포기하는 일이 없도록 물질적 지원도 필요하다. 창작에 도움을 줄 수 있는 소양을 갖춘 활동보조서비스도 필요하다. 먹고사는 문제가 모든 인류의 고민인 것처럼 예술에 대한 관심과 열정 또한 장애인이든 비장애인이든 다르지 않다. 각각의, 모두의 목소리가 날개 달도록 장애예술인에 대한 국가와 기업의 지원을 기대한다. 이 바람이 이루어지는 그날이야말로 모두가 누릴 봄이다.

원주 반계리에는 은행나무가 한 그루 서 있다. 이미 방송에도 여러 차례 나왔기 때문에 많은 사람들이 알고 있을 것이다. 천연기념물 167호로 지정된 은행나무는 수령이 무려 1000년이라고 한다. 원주에서 그 은행나무를 만난 적이 있다. 물론 허락을 얻어 손으로 만져 보며 보았다. 두 팔을 펼쳐 안아도 다 안을 수 없는 나무의 둘레는 시간이 만들었다.

오랜 시간 계절을 살아 낸 은행나무는 가을의 한창을 보내다가 노란 잎을 떨구고 겨울을 준비한다. 봄이 초록잎을 돋우고 그 초록의 잎은 가을이 되어 노랗게 물들며 나뭇가지에서 떠날 준비를 하는 거다. 은행나무는 그 많은 열매와 잎을 다 떨군 후에야 마침내 자유로울 것이다. 각자의 자리로 돌려보낸 이의 마음은 쓸쓸하나 혼자

완성된 작품 앞에서

가야 하는 길의 아쉬움쯤 열매와 잎을 떨구며 배운 '내려놓음'의 마음 챙김을 통해 자유로움으로 변화되겠지.

　나는 은행나무를 그리면서 이전과 다른 평안을 느꼈다. 어쩌면 이제 나의 그림이 봄의 희망에서 짧지만 최선을 다해 삶의 가장 아름다운 때를 내어놓는 가을을 향할 듯하다.
　작품 〈은행나무〉를 완성해 가면서 먼저 붙인 나무껍질을 손으로 떼어 내다 칼에 손가락을 깊이 베였다. 붉은 피가 솟구치는 손가락을 움켜쥐고 병원 응급실에 도착했을 때 나는 소독과 봉합의 고통쯤 견딜 수 있었다. 은행나무를 '보고' 제대로 그릴 자신이 생겼기 때문이다. 얼마 전 은행나무의 모습을 듣고 그렸던 것은 진짜 은행나무가 아니었다. 내가 본 은행나무는 영근 열매와 잎사귀를 붙들려 하지 않았다. 그저 과감하게 버리고 서 있었다. 그래서 제대로 알지 못하고 진행했던 은행나무 몸피를 뜯어낼 수밖에 없었다. 그것은 은행나무가 아니었으니까.
　은행나무는 살아 있어서 돈이든 명예든 움켜쥐지 않는 삶을 살라고 말한다. 기도하듯 선 은행나무의 진짜 모습은 이것이었다. 그래서 은행나무에 맺힌 옹이는 거칠기만 해선 안 됐다. 세월의 더께만을 표현한 나무껍질을 모두 뜯어내며 몸피까지도 내어 주는 은행나무의 헌신을 보았다. 가을은 타인을 위해서 나의 가장 아름다운 것을 내어 주는 헌신의 계절이었던 것이다.
　나의 봄 잔치도 가을을 향해 가리란 것을 알고 있다. 삶의 가장 아름다운 때를 소망하고 희망을 품는 봄은 융성한 여름을 지내고, 남은 모든 것을 내어 주며 잎을 떨굴 것이다. 화가로서의 나의 삶 또한 그러하리라.

이처럼 풍만했던 고목도 모든 것을 뒤로하고 자신을 내려놓기 시작하니 내일의 희망이 보인다.

스스로 자신을 높이고 쌓아만 가지 말고 어렵고 힘든 이들에게 손을 내밀라 한다.

시간은 빠르게 흘러간다. 소리없이 내려놓는 것에 마음속 깊이 되새겨 본다.

박환

| 주요 경력 |
1998 한국문화예술진흥원 초대전(미술회관)
현대한국화협회전(동아일보사)
한·중교류전(중국역사박물관)
대한민국미술대전 입선 5회(1, 3, 11, 13, 14회/국립현대미술관)
제6회 후소회 공모전 동상(시립미술관)
제1회 풍경화 공모전 금상(한국관광공사)
현대한국화협회전(동아일보사)

2022. 4. 제1회 에이블라인드 시각장애예술가전시회: '함께, 봄'(공간 와디즈 전시실)
2021. 6. 초대전: 행복을 그리다展(울산현대예술관 미술관)
2020. 6. 2020 강원현대미술전(국립춘천박물관)
2020. 1. 초대전 개인전 박환: 끝나지 않은 여정(KT&G 상상마당 춘천미술관)
2019. 9. 초대전 춘천생명의숲 창립 21주년(갤러리툰)
2019. 5. 개인전 '절망 속에서 찾은 한 줄기 빛'(춘천미술관)
2019. 4. 개인전 '불굴의 작가 박환', 춘천KBS총국 초대전
2018. 2. 단체전 한·미 국제현대미술교류전(조선일보미술관)
2017. 1. 개인전 '눈을 감고 세상을 보다 박환 특별전'(갤러리 쿱)
2014. 8. 다시 그림을 시작
2013. 10. 불의의 사고로 시력을 잃음
2013. 10. KIAF(한국국제아트페어) 참가(코엑스)
2013, 2012 단체전 춘천MBC 힘 있는 강원전(춘천국립박물관)
2013, 2012 단체전 아트 인 강원(춘천문화예술회관)
2012. 6. 개인전 '빈자(貧者)에게 바치는 헌사'(인사아트센터)

| 주요 활동 |
2020. 7. 포스코 1% 나눔재단 〈만남이 예술이 되다〉 추천 작가
   - 세상에서 가장 입체적인 그림을 그리는 박환 화백과 '3D펜으로 세상을 그리는
     크리에이터 사나고' 님과의 만남으로 460만의 높은 조회수를 기록
2020. 1. 초대전 개인전 박환: 끝나지 않은 여정, KT&G 상상마당 춘천미술관
2019. 4. MBC 나누면 행복 413회 〈마음으로 그리는 그림화가 박환〉 출연 – 전화 1통
     화 5천 원의 후원을 받아 저소득층을 돕는 프로그램 참여

2018. 9. CGNTV 표인봉 윤유선의 하늘빛 향기 〈절망 속에서 봄을 꽃피우다〉 출연
2017. 12. CBS 새롭게 하소서 〈암흑 속에서 희망을 그리다〉 출연
2017. 4. KBS제3라디오 〈심준구의 세상보기〉 인터뷰
2017. 3. 헤럴드경제신문 〈앞이 보이지 않는 화가, 박환〉
2017. 3. MBC라디오 〈신동호의 시선집중〉 인터뷰
2017. 2. 강원MBC 뉴스, YTN 뉴스 등 출연
2017. 1. 강원일보, 강원도민일보 인터뷰
2015. 8. 조선일보 〈최보식이 만난 사람〉
2014. 7. SBS 〈세상의 이런 일이〉 출연, '마음으로 그리는 시각장애인화가'